Jochen Klepper, Ziel der Zeit

JOCHEN KLEPPER

»ZIEL DER ZEIT«

Die gesammelten Gedichte

1993

Luther-Verlag Bielefeld

ISBN 3-7858-0261-7
5. Auflage 1993

Die 1. und 2. Auflage erschienen im
Eckart-Verlag, Witten und Berlin © 1962

Druck: Hans Kock Buch- und Offsetdruck GmbH, Bielefeld
Einbandgestaltung von Hans Hug, Stuttgart
Bindung: Industriebuchbinderei Bielefeld
Printed in Germany

DIE GEDICHTE

EINER NEUEN ZEIT

Ich bin kein Anfang, keine Mitte.
Ich bin der Mensch, der seine Schritte
zu einem weiten Abschluß lenkt.

Ich wachse in ein klares Ende
und bin in die Jahrtausendwende
vor ihrem Anbruch ganz versenkt.

Sooft sich meine Augen schließen,
will eine Zeit zur Mündung fließen,
die Gott ihr vorgezeichnet hält.

Ich soll beschließen, nicht beginnen,
und muß aus Gottes Händen rinnen,
bevor er neu sein Feld bestellt.

Er will die volle Stunde schlagen.
Ich werde es den Menschen sagen
auf meinem Gang durch seine Welt.

VORSPRUCH ZU EINEM BUCH

Alle Grenzen meiner Tage
biege, Gott, in Deinen Kreis,
daß ich nur noch Worte sage,
die ich von Dir kommen weiß!

Ohne Gott bin ich ein Fisch am Strand,
ohne Gott ein Tropfen in der Glut,
ohne Gott bin ich ein Gras im Sand
und ein Vogel, dessen Schwinge ruht.
Wenn mich Gott bei meinem Namen ruft,
bin ich Wasser, Feuer, Erde, Luft.

*

Mein Herz hat einen Schlag getan –
nur wie ein Fisch die Flosse regt,
ein Gras im Winde sich bewegt,
ein Vogel seine Schwingen hebt –
und alles Leben war gelebt,
und alle Ewigkeit brach an.

FISCHLEGENDE 1

Als der Sintflut schwere Wellen
Land und Mensch und Tier verschlangen,
fügte Gott, daß Seine hellen
Fischlein in den Fluten sprangen.

Denn Er wollte sie zum Zeichen
Seines Sohnes sich bereiten,
und in Meeren, Flüssen, Teichen
trägt Er sie zum Ziel der Zeiten.

Doch die Fische müssen schweigen,
wie Gott sie so reich gesegnet.
Laßt uns vor dem Wunder neigen,
das in Stummheit uns begegnet!

FISCHLEGENDE 2

Stimmt an, ihr Fischer, Sänger, Beter:
Gelobt der Fisch in allen Luft- und Wasserreichen,
der Christi Namensrätsel uns enthüllt!
Gelobt der Fisch, der Petri Netze füllt!
Gelobt der Fisch, der Christi Fuß berührt,
da Er den Petrus übers Meer geführt!
Gelobt der Fisch, der die Fünftausend speist!
Gelobt der Fisch, der Ihm zu Häupten kreist
als Sternenbild und Gottes liebstes Himmelszeichen,
gelobt der Fisch im ewigen Äther!

PETRI RING

Der Menschen und der Fische fing
und sicheren Pfad im Meere fand,
wirft nun vom unbekannten Strand
mit seiner braunen Fischerhand
ein Sternennetz um All und Erde.

Der Papst zu Rom trägt Petri Ring,
die Fischer tragen Netz und Schnur,
und ›Petri Heil‹ ward aller Schwur.
Jedoch Gott selbst vermag es nur,
daß einer Petri Nachfahr werde.

BAUERNGEBET

Nun lege ich in Gottes Hand
mein graues Haus, mein grünes Land
und was auf meinen Feldern reift.

In Gottes Hand mein Weib am Herd,
im Stall das Lamm, die Kuh, das Pferd –
das Kind, das nach dem Milchnapf greift.

In Gottes Hand den Fisch im Teich!
Und alles zähl zu Seinem Reich,
sei Stern, der seine Füße streift!

AN MEINEN BRUDER BILLUM ZUM 13. GEBURTSTAG

Mir scheint, du wirst nur selten weinen.
Zur Stunde der geheimen Tränen
soll dir voll Sanftmut widerscheinen,
was heut Besitz ist, morgen Sehnen:

Die Hyazinthen, Ostereier,
die Lichter und ein weißer Hase,
ein Buch, ein Spiel – die süße Feier
der Veilchen in dem Bernsteinglase.

Den Glanz, der über den Geschenken
von Bildern lächelt, Leuchtern, Stühlen,
vom Secretair, von Bücherschränken,
wirst du einmal als Heilung fühlen.

Ich weiß nicht, unter welchen Namen
dir Gott das Heer der Schmerzen sendet.
Sie sind gewiß, als ob sie kamen,
von Ewigkeit dir zugewendet.

ECCE HOMO

Wir leben alle zwischen Nacht und Nacht,
und was am Tage einer weint und lacht,
ist nur ein Zufall zwischen den Gesetzen.

Wir leben hin aus Hunger und aus Blut,
im Freuen böse und im Leiden gut,
man kann den einen für den anderen setzen.

Wir tragen alle erst ein Ja ins Sein,
verarmen alle an des Todes Nein,
sind gleich mit so verschiedenen Gesichtern.

Wir wachen ängstlich zwischen Schoß und Grab.
Ein Dunkel löst das andere Dunkel ab.
Inmitten liegt ein wirres Spiel von Lichtern.

Um mir ein Bildnis meines Seins zu malen,
errechne ich tagtäglich neue Summen.
Dann setzt Gott Seine Zeichen vor die Zahlen,
und was mir galt, hat künftig zu verstummen.

Ich sehe meine Ziffern rasch verbleichen.
Was ich auch schrieb, hat seinen Sinn verloren.
Und aus der Wirrnis werden Gottes Zeichen
als einziger Wert, der morgen gilt, geboren.

Ich weiß nicht, hat es Sinn
und lohnt es, daß ich lebe,
nur weil mein Herz noch schlägt.
Ich weiß nur, daß ich Rebe
voll schweren Weines bin.

Ich weiß nicht, soll ich sein.
Ich weiß nur, daß die Erde
mich Korn im Schoße trägt,
da ich zum Brot werde.
Gott spricht aus Brot und Wein.

DER SCHLAF

Barmherzig ist der Schlaf, der tiefe,
als ob uns Gott zum Ursprung riefe
und wieder ›Adam‹ zu uns sagte.

Barmherzig ist der Schlaf, der schwere,
als ob uns Gott zum Ende kehre
und nur der Jüngste Morgen tagte.

DER PROPHET 1

Weil sein Antlitz helle Angst entstellte,
er vergehe ganz vor Gottes Leben,
ward er Träger eines Angesichts,
das von nun an einer Menschheit gelte.

Weil sein Mund, wie jenseits der Gebärde
und an keinen Laut mehr hingegeben,
ohne Worte sagte: ›Wir sind nichts‹,
hieß er Stimme unserer armen Erde.

DER PROPHET 2

Kein Prophet sprach: »Mich Geweihten sende!«
Eingebrannt als Mal war es in allen:
Furchtbar ist dem Menschen, in die Hände
Gottes des Lebendigen zu fallen.

Kein Prophet sprach: »Mich Bereiten wähle!«
Jeder war von Gottes Zorn befehdet.
Gott stand dennoch jedem vor der Seele,
wie ein Mann mit seinem Freunde redet.

Kein Prophet sprach: »Gott, ich brenne!«
Jeder war von Gott verbrannt.
Kein Prophet sprach: »Ich erkenne!«
Jeder war von Gott erkannt.

DER HEILIGE

Man hat ihn mit lastenden Mänteln behängt,
mit bunten, befleckten und reinen.
Er trug sie geduldig, das Antlitz gesenkt,
und nahm sich von allen nicht einen.

Jetzt hat er den letzten beiseite gelegt:
den Ruhm – und nun ist er befreiter.
Er wartet, von nichts mehr berührt und bewegt,
wie Jakob am Fuß seiner Leiter.

DER EREMIT

Er ist den stillsten Weg gegangen,
der zu dem Grund des Lebens führt
und ohne Willen und Verlangen
nur noch den Sinn im Un-Sinn spürt.

Er fand das Ende aller Fragen
und ist von Stummheit ganz umhüllt,
er duldet weder Angst noch Klagen
und liebt, was ihm die Nähe füllt.

Sein Leben ist in sich geschlossen,
allein noch mit ihm selbst befaßt.
In diesem Kreise, unverdrossen,
trägt er der anderen Menschen Last.

NACHSPRUCH ZU EINEM BUCH

Herr, wann wird der Garten Eden
wieder erste Früchte bringen,
die kein Säender ersann?
Herr, wann wirst du wieder reden,
daß ich Menschen, daß ich Dingen
erste Namen geben kann?

DIE ZWEIFELNDE

Daß ich so bald vertrauend bin,
kann ich dir nicht versprechen.
Ich gab mein Leben gläubig hin
und sah es dann zerbrechen.

Ich will ja nur ein kleines Stück,
geheilt von deinen Händen,
als neues Unterpfand zurück.
Dann mag es milder enden.

ALTES HAUS

Ich habe dich wie sonst getroffen.
Nun hast du alles gut gefügt,
und wieder wird mein Herz so offen,
daß es sich nur mit dir begnügt.

Die anderen Städte, die ich kannte?
Vielleicht hat jede Glück gebracht.
Nur: Keine hatte das Verwandte,
und ihr Geschenk war kühl gedacht.

Und jedes Jahr, wie falsche Zeilen,
strich undankbar ich wieder aus,
als sei die Welt ein Kreis von Meilen
nur um dies eine alte Haus.

ALTE STADT

In der steten Wiederkehr von Jahr zu Jahr
bin ich deine Gassen tausendmal gegangen,
und mit Liebe, Schönheit hast du mich umfangen,
fragst nicht, ob der Heimgekehrte anders war.

KOSAKENJUNGE

Ich will kein Buch, ich will kein Spiel,
ich will nicht Schutz, ich will nicht Ziel,
nur Weite!

Ich brauche nur ein kleines Pferd,
und Freunde sind mir gar nichts wert,
ich reite!

Ich frage nicht, ob Zeit vergeht,
ich reite, wo der Wind hinweht,
ins Leere!

Ich bin nicht klug, ich bin nicht brav.
Das Reiten ist mir Kost und Schlaf
und Ehre!

ERSTER MÄRZ

Heute ist der milde Glanz erwacht.
Der Mond schien und ein klarer Stern.
Erfüllt von Ahnung schwieg die Nacht,
und nirgends war ein Hügel fern.

Der Baum – als wüßte er sein Blühn –
neigt sich zur Erde, atmet tief,
als wollte er sein Sommergrün
dort trinken, das im Acker schlief.

Wen gab es, der verlassen war?
Der Nacht vertraut sich jedes Ding.
Wie wenn die Sonne ihn gebar,
Schwebt morgens leicht ein Schmetterling.

SONNTAG VOR OSTERN: PALMARUM

Die Stürme sind kalt,
voller Schatten und Härten.
Doch duften die Veilchen wie niemals zuvor.
Die Bäume sind alt.
Doch senden sie glänzende Knospen empor
den Amseln und Bienen.
Mit freudigem Qualmen
glimmt dürres Geäst,
brennt gehäuft in den Gärten.
Die Blüten rings flammen noch lodernder auf.
Da kehrt sich zum Fest
vergangener Jahre begeisterter Lauf,
dem Gleichnis zu dienen
am Tage der Palmen.

TROSTLIED AM MORGEN

Wenn ihr stille bliebet, so würde euch geholfen; durch Stillesein und Hoffen würdet ihr stark sein. *Jesaja 30, 15*

Wenn ihr stille bliebet,
wo dem Herzen graut,
wo euch Angst betrübet,
daß kein Heil ihr schaut:
so wäret ihr in Sorgen,
wie sie keiner sah,
stark und fest geborgen
und der Hilfe nah.

Wenn ihr stille würdet,
nun ihr nicht ertragt,
was euch aufgebürdet,
ohne Maß euch plagt:
so würdet ihr errettet –
sei kein Weg, kein Licht, –
dem im Schoß gebettet,
dem das Herze bricht.

Seid ihr hoffend stille,
strömt die Kraft euch zu.
Stets bleibt Gottes Wille,
daß er Wunder tu.
Durch Stillesein und Hoffen
werdet stark und fest,
seht den Himmel offen,
der euch nicht verläßt.

JOHANNES 15, 3

Ihr seid schon rein um des Wortes willen,
das ich zu euch geredet habe.

Es ist geschehen, Gott, es ist von dir vollbracht.
Du hast mich schon ans Ziel der Zeit getragen.
In deinem Sohn bin ich zu deinem Kind gemacht,
leb' ich auch noch in Sünde und Versagen.
Im Werke gilt nur noch dein Werk an mir.
Im Wort zeugt nur dein eigenes Wort von Dir.
Ich wollte fliehen, aber du, Herr, hast gewacht.

Das weitere Leben kann nur noch ein Sterben sein.
Die Stunden rinnen dennoch nicht vergebens.
Ich wandere aus der Welt und ziehe bei dir ein,
vergehend schon teilhaftig allen Lebens.
Noch häuft sich stündlich aller Sünden Last.
Doch durch das Wort, das du geredet hast, –
um dieses deines Wortes willen bin ich rein.

Nun weiß ich die Gerechtigkeit, die vor dir gilt!
Was sollte ich noch auf der Welt erfahren?
Des Menschseins müde – dennoch Gottes Ebenbild:
in diesem Glauben hilf, Herr, mich bewahren!
Die Erdenzeit und ihre Schuld versinkt.
Du bist's, der fordert – und zugleich vollbringt.
Das Unerfüllbare hast du allein erfüllt!

So komme, lieber Jüngster Tag! Weich, letzte Nacht!
Und wenn ich auch dahin durch Leiden gehe,
hat deine Weisheit es für mich schon vorbedacht,
daß unterm Kreuz ich erst das Kreuz verstehe.
Nur unterm Kreuz bin deinem Sohn ich nah;
nur wo dein Sohn ist, bist du, Vater, da.
Es ist geschehen, Gott, es ist von mir vollbracht.

BAUM DER ERKENNTNIS DES GUTEN UND BÖSEN

Baum der Erkenntnis des Guten und Bösen,
Baum zu Gottes Lobe,
deine Frucht war uns von Gott versagt;
deine Frucht war die Gehorsamsprobe.
Wir werden hart von dir verklagt.
Unsre Herzen sind verzagt.
Wer wird uns erlösen?

Lebensbaum, mitten im ewigen Garten,
Baum zu Gottes Ehre!
Seinen Engel hat der Herr bestellt,
daß er uns den Weg zu dir verwehre.
Gott scheidet Eden und die Welt.
Duldet nun, was ihm gefällt!
Lernt der Gnade warten!

Grünende Tanne, du Zeichen des Lebens!
Heil, das Gott uns kündet!
Gott will eine grüne Tanne sein,
dran man Frucht, die wir nicht bringen, findet.
Der Gottestanne Frucht ist fein.
Ihre Ernte nennt Gott dein.
Gott schafft nichts vergebens!

Feigenbaum, den der Herr zornig erblickte,
bleibe meiner Seele
mahnend, warnend, drohend eingeprägt,
daß sie wisse, was ihr bitter fehle.
Gott gib, daß mich die Axt nicht schlägt
und mein Leben Früchte trägt,
das dein Licht erquickte.

Lebensholz, fruchtbar an Wassern, den klaren,
die vom Throne fließen,
drauf das Lamm mit Gott dem Herrn regiert;
Holz, daraus die Blätter ewig sprießen:
Du warst zum Kreuz des Lamms erkürt.
Herrlich hast du triumphiert,
grünst in ewigen Jahren!

ZUM HELDENGEDENKTAG

Wie fielen die Helden im Streit!
Wie seufzen die Herzen vor Leid!
Doch Christus tröstet, die betrübt:
»Niemand hat so wie der geliebt,
der sich für seine Freunde gibt.«

Der Herr, der uns gibt und uns nimmt,
hat selbst sich zum Opfer bestimmt.
Gott opfert sich in seinem Sohn!
In ihm hat jedes Opfer Lohn.
Wißt, Frucht und Ernte reifen schon!

Die Hoffnung ist euch nicht geraubt.
Ihr beugt euch voll Demut und glaubt.
Einst kommt der Herr mit Feldgeschrei,
der Osterheld, vom Tode frei!
Leid, Schmerz und Tränen sind vorbei.

Und alles, was alt war, wird neu.
O seht, die ihm sterbend getreu!
Mit Kronen sind sie reich geschmückt!
Auch ihr, die euch noch Schwermut drückt,
seid allem Jammer bald entrückt.

Wie sind nun die Helden erhöht!
Wie sind schon die Klagen verweht!
Der starken Helden Opfertat,
der stillen Dulder Tränensaat
sind hochgerühmt in Gottes Stadt!

OLYMPISCHE SONETTE

2.VIII.1914–2.VIII.1936

BRANDENBURGER TOR

Durch diese Säulen zogen graue Heere,
bereit, auf alle Rückkunft zu verzichten,
gewillt zu leiden, fähig zu vernichten,
und alle Fülle tauschend gegen Leere.

Auf starke Kapitelle sank die Schwere
von irdisch nicht mehr wägbaren Gewichten.
Die Weite draußen bebte von Gerichten,
als sei bestimmt, daß keiner wiederkehre.

Die Säulen, die den Siegeswagen tragen,
harren noch heut der Heimfahrt aus den Schlachten.
Sie achten derer nicht, die sie durchschreiten.

Nur diese Nacht, nach vielen tausend Tagen,
als ob die Toten sich verhundertfachten,
wollen die Säulen sich dem Einzug weiten.

PARISER PLATZ

Für jeden Krieger, den das Land entsandte,
in einer fremden Erde zu verbluten,
strömen nun niegesehne, fremde Menschenfluten
aus Zonen her, die unser Mund kaum nannte.

Wie wenn die Welt von neuem Geist entbrannte,
zur Einsicht reif und hingelenkt zum Guten,
richten sie Fahnen auf. In Farbengluten
lodern die Banner, die kein Auge kannte.

Das Freudenfest der Völker ist gekommen.
Die Fahnen leuchten nur als Friedenszeichen
und gleichen dem verheißnen Regenbogen.

Der Fluch des Kriegs scheint von der Welt genommen.
Der fahle Schein der Waffen muß verbleichen,
und alles Volk ist allem Volk gewogen.

HEDWIGSKIRCHE

Als sei verworfen, was die Menschen planen,
liegt allem Glanz die Kirche abgewendet,
in schwerem Ernst, für alle Zeit vollendet,
gewölbt ums Kreuz, errichtet, um zu mahnen.

Hier ist ein Ende all der lichten Bahnen,
und dunkel wird, was eben noch geblendet.
Der Engel einer ist herabgesendet
mit größrem Zeichen als der Erde Fahnen.

Vor dem Portale war ein Licht entzündet.
Zwei Banner haben sich davor verschlungen
und wehn als Trauertuch um die Laterne.

Die Menschen rufen. Aber wer verkündet?
Und welches Herz ist von dem Schwert durchdrungen?
Der Engel kam. Die Menschen bleiben ferne.

OPER

Der Wirklichkeit des Himmels zu entrinnen,
ist Purpur wie ein Segel aufgespannt.
Der Wind, als treibe er ein Schiff zum Land,
wirft sich ins seidne Tuch, als sei es Linnen.

Sie aber wollen nur ein Spiel beginnen.
Der Vorhang selber ist der Komödiant,
Prolog und Chor und Maske und Gewand,
bei Tausenden sich Beifall zu gewinnen.

Die Menge schon in ihrem Lauf zu halten,
drängt sich das Drama auf der Treppe Stufen,
und die Tragödie spielt im Säulentor:

stumm, ohne Menschen, nichts als Wurf der Falten –
und dennoch lauter als das grellste Rufen!
Groß tritt die Hybris in die Nacht hervor.

OLYMPISCHES FEUER VOR DEM SCHLOSS

Soll doch noch einmal jeder Zweifel schweigen,
daß all der Prunk der Sommernacht nur prahle?
Denn wer sah Größres als die Flammenschale,
vor der sich aller Länder Fahnen neigen?

Ach, daß darüber dunkle Mauern steigen!
Ach, daß in dem verlass'nen Fürstensaale
die Ungerufenen zum Brudermahle
sich statt der Könige vor den Völkern zeigen!

Der Lichterglanz schwebt über Pfeiler und Balkone,
und Glas umspielt Pilaster und Emporen.
Warum vermagst du Schatten nur zu sehen?

Zeigt denn nicht manche Fahne Kreuz und Krone?
Doch Bilder sind sie, die den Sinn verloren –.
Nur ungeweihte, bunte Tücher wehen.

MUSEUM UND BRÜCKE

Noch immer muß uns rätselhaft berühren,
auf Brücken über einen Fluß zu schreiten,
das steingewordne Gleichnis für der Zeiten
Bindung und Trennung als erfüllt zu spüren.

Laß dich an des Geländers Brüstung führen
und deine Blicke mit dem Wasser gleiten.
Am mächt'gen Saume der Vergangenheiten
muß alle Gegenwart den Schein verlieren.

In dunklen Bogen über schwarzem Strome
wölbt sich die Brücke in der Tempel Schatten.
Dies Griechenland ist wie ein Traum im Tode!

Das Ufer trennt uns von dem Schloß und Dome
und denen, die dort laute Feiern halten.
Der Fluß ist Styx, sein Raunen Trauerode!

ZEUGHAUS

Die Ampeln brennen über den Kanonen.
Die alten Fahnen hängen stumm im Lichte;
doch nicht zum Fest: sie werden zum Gerichte.
Sie rauschten in den Schlachten und vor Thronen.

Vor ihnen gilt kein Leugnen und kein Schonen.
Vor ihrem Wissen wird der Trug zunichte.
Zerfetzt von allen Leiden der Geschichte,
verdammen sie und weigern sich, zu lohnen.

Sie, die einst brausend in die Zukunft wehten,
sind wie das Schweißtuch eines Todgeweihten
und allen Schwüren dieser Welt entnommen.

Von Liedern schweigend, zeugend von Gebeten,
erkennen sie nur die fürs Kreuz Bereiten
und rufen nur noch, die als Beter kommen.

DER KÖNIG

I

Deine Augen werden den König sehen in seiner Schöne; du wirst das Land erweitert sehen, daß sich dein Herz sehr verwundern wird und sagen: Wo sind die Schreiber? Wo sind die Vögel? Wo sind die, so die Türme zählten? *Jesaja 33, 17. 18*

Herr, laß uns wieder einen König sehen,
bevor die Welt die Könige vergißt.
Denn sonst vermögen wir nicht zu verstehen,
nach welchem Maß man deine Ordnung mißt.

Noch leben Königssöhne bei den Vätern
und wissen um Versäumnis und um Schuld
der Kronenträger. Wandle du zu Tätern
des Königswerks die Söhne in Geduld.

Noch gibt es Söhne, welche Kronen sahen
als Wirklichkeit und nicht als altes Bild.
Wann läßt du dir die Söhne wieder nahen?
Wann machst du sie zum Königtum gewillt?

Die Völker haben wider dich gemeutert.
Die Fürsten flohen deines Auftrags Last.
Nun aber hat sie langes Leid geläutert,
und dein Gesetz wird wiederum erfaßt.

Der neue König wird sich nur erheben,
wenn er als Büßer dir zu Füßen lag.
Er pocht nicht mehr auf Recht – nur auf Vergeben
und ohne Fahnen dämmert ihm sein Tag.

Herr, wenn die neuen Könige wieder kommen,
wird nirgends ein Geschrei noch Drängen sein.
Nur Glocken werden läuten, und die Frommen
führen den König mit Gebeten ein.

11

Fromm und wahrhaftig sein behütet den König, und sein Thron besteht durch Frömmigkeit. *Sprüche 20, 28*

Bald wird sich das Jahrtausend wieder neigen,
und Gottes neue Stunde bricht herein.
Wird dann der König seinen Thron besteigen
und deine Ordnung bei den Völkern sein?

Denn wie sie jetzt auf das Jahrtausend warten,
erfüllt die Stillen in dem Land mit Angst,
weil sie zu lange auf den König harrten,
der nur das Reich sucht, das du, Herr, verlangst.

Die Völker stehen ganz erstarrt in Waffen,
und der gilt viel, der neuen Tod erdenkt.
Auch wenn sie Sicheln zu den Schwertern schaffen,
bleibt dennoch nur der Untergang verhängt.

Daß sie im guten Wahne noch vernichtet,
das ist die ärgste Wirrnis dieser Welt.
Nun muß der kommen, der dein Kreuz aufrichtet
und dieses Zeichen über alle stellt.

Die Welt in Waffen ist gar sehr entkräftet,
und mancher sieht den Trug in ihrer Macht.
Vom König, der den Blick aufs Kreuz geheftet,
von keinem sonst, wird Hilfe uns gebracht.

Nur wer das Kreuz sieht, hat von fern verstanden
die Heiligkeit im irdischen Gericht.
Wenn Könige dein Golgatha nicht fanden,
so fanden sie auch ihre Throne nicht.

III

Viele suchen das Angesicht eines Fürsten; aber ein jegliches Gericht kommt vom Herrn. — *Sprüche 29, 26*

Kein König wird ein Reich des Glücks erzwingen,
und Friede wird uns nimmermehr beschert.
Niemand wird das Verlorne wiederbringen,
und dein gelobtes Land bleibt uns verwehrt.

Der König wird das Reich der Buße suchen,
ein Richter unter göttlichem Gericht.
Die Starken, Stolzen werden ihn verfluchen.
Er fürchtet nur dein leuchtendes Gesicht.

Die Krone wird ihm bittren Schmerz bereiten.
Die Dornenkrone raubt ihr allen Schein,
und der Gekrönte neigt sich dem Geweihten.
Die Throne werden wieder Gleichnis sein.

Der König sendet wieder nach Propheten;
denn aller Menschenrat hat jäh versagt.
Was noch geschieht, ersteht nur aus Gebeten.
Dein Wort wird Maß. Dein Wille wird erfragt.

Die Völker waren frevelhaft vermessen,
bevor der König als ein Büßer kam.
Herr, wirst du es uns noch einmal vergessen,
was deinen Zorn erregte, unsre Scham?

Wo Kreuze sind, hast du dich, Gott, gebunden.
Den Fahnen und den Kränzen bist du fern.
Wo Buße ist, dort bist du schon gefunden,
und über solchem Lande steht dein Stern.

IV

Es ist Gottes Ehre, eine Sache verbergen; aber der König Ehre ist's, eine Sache erforschen. Der Himmel ist hoch und die Erde tief; aber der Könige Herz ist unerforschlich. *Sprüche 25, 2. 3.*

Noch niemals nanntest du uns Menschen Zeiten,
und deine Stunde blieb stets unbekannt.
Du selbst mußt uns erst völlig dir bereiten,
und kühnen Augen bleibst du abgewandt.

Die Ehrfurcht sieht auf die Jahrtausendwende,
ob sie der Welt die Könige beschert.
Die Sehnsucht streckt zum Morgen schon die Hände,
als wäre deine Gabe schon gewährt.

Vergib es, daß wir immer wieder fragen.
Vergib dem, der sich schwer bescheiden kann.
Wir leben nur in Stunden und in Tagen
und drängen stets dich Ewigen mit dem »Wann?«.

Wir ließen dich – und heißen gottverlassen,
und nun ergreift uns namenlose Angst;
denn jetzt beginnen wir es zu erfassen,
wie früh du schon um unsere Rückkehr rangst.

Gott, laß uns deiner Ordnung nicht entrinnen.
Bekenne dich doch noch zu unserer Zeit.
Laß uns am späten Abend noch beginnen.
Die große Stunde ist uns noch zu weit.

Noch leben Söhne fürstlicher Geschlechter,
die du als Ordner unter uns gesandt.
Laß uns nicht ohne Mahner, ohne Wächter;
gib Könige und Propheten allem Land.

KYRIE

Geistliche Lieder

Es liegt daran, daß der Haufe Gottes oder Gottes Volk ein Wort oder Lied annehme oder für unrecht erkenne. St. Ambrosius hat viel schöner Hymnen gemacht, heißen Kirchengesang darum, daß sie die Kirche angenommen hat und braucht, als hätte sie dieselben gemacht und wären ihre Lieder.
Martin Luther

AMBROSIANISCHER MORGENGESANG

Schon bricht des Tages Glanz hervor.
Voll Demut fleht zu Gott empor,
daß, was auch diesen Tag geschieht.
vor allem Unheil er behüt'.

Er halte uns die Lippen rein,
kein Hader darf uns heut entzwein.
Er mache unser Auge frei
und zeige, was da eitel sei.

Ringt um des Herzens Lauterkeit!
Legt ab des Herzens Härtigkeit!
Des Fleisches Hoffart beugt und brecht!
Und Trank und Speise brauchet recht.

Auf daß, wenn dann die Sonne sinkt
und Dunkel wieder uns umringt,
wir ledig aller Last der Welt
lobsingen dem im Sternenzelt.

Lob dem, der unser Vater ist,
und seinem Sohne Jesu Christ,
dem Geist auch, der uns Trost verleiht,
vordem, jetzt und in Ewigkeit.

Nach dem altkirchlichen Hymnus »Jam lucis orto sidere« von Ambrosius, 333–397.

MORGENLIED

Er weckt mich alle Morgen; er weckt mir das Ohr, daß ich höre wie ein Jünger. Der Herr hat mir das Ohr geöffnet; und ich bin nicht ungehorsam und gehe nicht zurück. Denn ich weiß, daß ich nicht zuschanden werde. Er ist nahe, der mich gerecht spricht.

Die Bibel

Er weckt mich alle Morgen;
er weckt mir selbst das Ohr.
Gott hält sich nicht verborgen,
führt mir den Tag empor,
daß ich mit seinem Worte
begrüß' das neue Licht.
Schon an der Dämmerung Pforte
ist er mir nah und spricht.

Er spricht wie an dem Tage,
da er die Welt erschuf.
Da schweigen Angst und Klage;
nichts gilt mehr als sein Ruf!
Das Wort der ewigen Treue,
die Gott uns Menschen schwört,
erfahre ich aufs neue,
so wie ein Jünger hört.

Er will, daß ich mich füge.
Ich gehe nicht zurück.
Hab' nur in ihm Genüge,
in seinem Wort mein Glück.
Ich werde nicht zuschanden,
wenn ich nur ihn vernehm':
Gott löst mich aus den Banden!
Gott macht mich ihm genehm!

Er ist mir täglich nahe
und spricht mich selbst gerecht.
Was ich von ihm empfahe,
gibt sonst kein Herr dem Knecht.
Wie wohl hat's hier der Sklave –
der Herr hält sich bereit,
daß er ihn aus dem Schlafe
zu seinem Dienst geleit'!

Er will mich früh umhüllen
mit seinem Wort und Licht,
verheißen und erfüllen,
damit mir nichts gebricht;
will vollen Lohn mir zahlen,
fragt nicht, ob ich versag'.
Sein Wort will helle strahlen,
wie dunkel auch der Tag!

MITTAGSLIED

Wenn du der Stimme des Herrn, deines Gottes, gehorchen wirst, werden über dich kommen alle diese Segen:
Gesegnet wirst du sein in der Stadt, gesegnet auf dem Acker.
Gesegnet wird sein die Frucht deines Leibes, die Frucht deines Landes und die Frucht deines Viehs. Gesegnet wird sein dein Korb und dein Backtrog.
Gesegnet wirst du sein, wenn du eingehst, gesegnet, wenn du ausgehst.
Der Herr wird gebieten dem Segen, daß er mit dir sei in deinem Keller und in allem, was du vornimmst, daß alle Völker auf Erden werden sehen, daß du nach dem Namen des Herrn genannt bist, und der Herr wird dir seinen guten Schatz auftun, den Himmel, daß er deinem Land Regen gebe zu seiner Zeit und daß er segne alle Werke deiner Hände. *Die Bibel*

Der Tag ist seiner Höhe nah.
Nun blick zum Höchsten auf,
der schützend auf dich niedersah
an jedes Tages Lauf.

Wie laut dich auch der Tag umgibt,
jetzt halte lauschend still,
weil er, der dich beschenkt und liebt,
die Gabe segnen will.

Der Mittag kommt. So tritt zum Mahl;
denk an den Tisch des Herrn.
Er weiß die Beter überall
und kommt zu Gaste gern.

Er segnet dich in Dorf und Stadt,
in Keller, Kammer, Feld.
Was dir der Herr gesegnet hat,
bleibt fortan wohlbestellt.

Er segnet dir auch Korb und Krug
und Truhe, Trog und Schrein.
Ihm kann es keinen Tag genug
an Segensfülle sein.

Er segnet deiner Bäume Frucht,
dein Kind, dein Land, dein Vieh.
Er segnet, was den Segen sucht.
Die Gnade schlummert nie.

Er segnet, wenn du kommst und gehst;
er segnet, was du planst.
Er weiß auch, daß du's nicht verstehst
und oft nicht einmal ahnst.

Und dennoch bleibt er ohn' Verdruß
zum Segnen stets bereit,
gibt auch des Regens milden Fluß,
wenn Regen an der Zeit.

Sein guter Schatz ist aufgetan:
des Himmels ewiges Reich.
Zu segnen hebt er täglich an
und bleibt sich immer gleich.

Wer sich nach seinem Namen nennt,
hat er zuvor erkannt.
Er segnet, welche Schuld auch trennt,
die Werke deiner Hand.

Die Hände, die zum Beten ruhn,
die macht er stark zur Tat.
Und was der Beter Hände tun,
geschieht nach seinem Rat.

Der Tag ist seiner Höhe nah.
Nun stärke Seel' und Leib,
daß, was an Segen er ersah,
dir hier und dort verbleib.

ABENDLIED

Ich liege und schlafe ganz mit Frieden; denn allein du, Herr, hilfst mir, daß ich sicher wohne.

Die Bibel

Ich liege, Herr, in deiner Hut
und schlafe ganz mit Frieden.
Dem, der in deinen Armen ruht,
ist wahre Rast beschieden.

Du bist's allein, Herr, der stets wacht,
zu helfen und zu stillen,
wenn mich die Schatten finsterer Nacht
mit jäher Angst erfüllen.

Dein starker Arm ist ausgereckt,
daß Unheil mich verschone
und ich, was auch den Schlaf noch schreckt,
beschirmt und sicher wohne.

So will ich, wenn der Abend sinkt,
des Leides nicht gedenken,
das mancher Erdentag noch bringt,
und mich darin versenken,

wie du, wenn alles nichtig war,
worauf die Menschen hoffen,
zur Seite warst und wunderbar
mir Plan und Rat getroffen.

Weil du der mächtige Helfer bist,
will ich mich ganz bescheiden
und, was bei dir verborgen ist,
dir zu entreißen meiden.

Ich achte nicht der künftigen Angst.
Ich harre deiner Treue,
der du nicht mehr von mir verlangst,
als daß ich stets aufs neue

zu kummerlosem tiefem Schlaf
in deine Huld mich bette,
vor allem, was mich bitter traf,
in deine Liebe rette.

Ich weiß, daß auch der Tag, der kommt,
mir deine Nähe kündet
und daß sich alles, was mir frommt,
in deinen Ratschluß findet.

Sind nun die dunklen Stunden da,
soll hell vor mir erstehen,
was du, als ich den Weg nicht sah,
zu meinem Heil ersehen.

Du hast die Lider mir berührt.
Ich schlafe ohne Sorgen.
Der mich in diese Nacht geführt,
der leitet mich auch morgen.

TROSTLIED AM ABEND

Dein Wort ist meines Herzens Freude und Trost. — *Die Bibel*

In jeder Nacht, die mich bedroht,
ist immer noch dein Stern erschienen.
Und fordert es, Herr, dein Gebot,
so naht dein Engel, mir zu dienen.
In welchen Nöten ich mich fand,
du hast dein starkes Wort gesandt.

Hat banger Zweifel mich gequält,
hast du die Wahrheit nie entzogen.
Dein großes Herz hat nicht gezählt,
wie oft ich mich und dich betrogen.
Du wußtest ja, was mir gebricht.
Dein Wort bestand: Es werde Licht!

Hat schwere Sorge mich bedrängt,
ward deine Treue mir verheißen.
Den Strauchelnden hast du gelenkt
und wirst ihn stets vom Abgrund reißen.
Wann immer ich den Weg nicht sah:
dein Wort wies ihn. Das Ziel war nah.

Hat meine Sünde mich verklagt,
hast du den Freispruch schon verkündet.
Wo hat ein Richter je gesagt,
er sei dem Schuldigen verbündet?
Was ich auch über mich gebracht,
dein Wort hat stets mein Heil bedacht.

In jeder Nacht, die mich umfängt,
darf ich in deine Arme fallen,
und du, der nichts als Liebe denkt,
wachst über mir, wachst über allen.
Du birgst mich in der Finsternis.
Dein Wort bleibt noch im Tod gewiß.

Für ein jegliches Wort dankte er dem Heiligen, dem Höchsten, mit einem schönen Liede. Er sang von ganzem Herzen und liebte den, der ihn gemacht hatte. Er stiftete Sänger vor den Altar und ließ sie süße Lieder singen. Und ordnete, die Feiertage herrlich zu halten, und daß man die Jahrfeste durchs ganze Jahr schön begehen sollte, loben den Namen des Herrn und singen des Morgens im Heiligtum.

Die Bibel

Du bist als Stern uns aufgegangen,
von Anfang an als Glanz genaht.
Und wir, von Dunkelheit umfangen,
erblicken plötzlich einen Pfad.
Dem Schein, der aus den Wolken brach,
gingen wir sehnend nach.

Am Ende unserer weiten Fahrten
gabst du uns in dem Stalle Rast.
Was Stroh und Krippe offenbarten,
ward voll Erstaunen nur erfaßt.
Die Zeichen blieben nicht mehr Bild,
Verheißung war erfüllt.

Und über Stall und Stern und Hirten
wuchs Golgatha, dein Berg, empor.
Nah vor den Augen der Verirrten
trat aus der Nacht dein Kreuz hervor.
Dort neigtest du für uns dein Haupt.
Da haben wir geglaubt.

Vor deines Felsengrabes Höhlung
ward hart und schwer ein Stein gestemmt.
Am Morgen kamen wir zur Ölung
und fanden nur dein Totenhemd.
Kein Fels hat deinen Weg gewehrt.
Wir folgten, Herr, bekehrt.

In deines Herzens offene Wunde
hast selbst du unsere Hand gelegt,
uns bis zu deiner Abschiedsstunde
mit Brot und Wein bei dir gehegt.
Die Wolke, die dich aufwärts nahm,
trug uns aus Angst und Scham.

Als eine Taube, lichtumflossen,
hast du dich sanft herabgesenkt,
uns mit dem Feuerglanz begossen
und die Verlassenen beschenkt.
Denn weil der Himmel offensteht,
gabst du uns das Gebet.

Durch Stern und Krippe, Kreuz und Taube,
durch Fels und Wolke, Brot und Wein
dringt unaufhörlich unser Glaube
nur tiefer in dein Wort hinein.
Kein Jahr vor unserer Zeit verflieht,
das dich nicht kommen sieht.

WEIHNACHTSLIED

Nachdem vorzeiten Gott manchmal und mancherleiweise geredet hat zu den Vätern durch die Propheten, hat er am letzten in diesen Tagen zu uns geredet durch den Sohn, welchen er gesetzt hat zum Erben über alles, durch welchen er auch die Welt gemacht hat; welcher sintemal er ist der Glanz seiner Herrlichkeit und das Ebenbild seines Wesens und hat gemacht die Reinigung unserer Sünden durch sich selbst, hat er sich gesetzt zu der Rechten der Majestät in der Höhe. Wir sind nun Gottes Kinder; und es ist noch nicht erschienen, was wir sein werden. Wir wissen aber, wenn es erscheinen wird, daß wir ihm gleich sein werden.

Die Bibel

Wer warst du, Herr, vor dieser Nacht?
Der Engel Lob ward dir gebracht.
Bei Gott warst du vor aller Zeit.
Du warst der Glanz der Herrlichkeit.
Beschlossen war in dir, was lebt.
Geschaffen ward durch dich, was webt.
Himmel und Erde ward durch dich gemacht.
Gott selbst warst du vor dieser Nacht.

Wer war ich, Herr, vor dieser Nacht?
Des sei in Scham und Schmerz gedacht!
Denn ich war Fleisch und ganz verderbt,
verloren und des Heils enterbt.
Erloschen war mir alles Licht.
Verfallen war ich dem Gericht.
Ich, dem Gott Heil und Gnade zugedacht,
war Finsternis und Tod und Nacht!

Wer wardst du, Herr, in dieser Nacht?
Du, dem der Engel Mund gelacht,
dem nichts an Ruhm und Preis gefehlt,
hast meine Strafe dir erwählt.
Du wardst ein Kind im armen Stall
und sühntest für der Menschheit Fall.
Du, Herr, in deiner Himmel höchster Pracht
wardst ein Gefährte meiner Nacht!

Wer ward ich, Herr, in dieser Nacht?
Herz, halte still und poche sacht!
In Gottes Sohn ward ich Sein Kind.
Gott ward als Vater mir gesinnt.
Noch weiß ich nicht: Was werd' ich sein?
Ich spüre nur den hellen Schein!
Den hast du mir in dieser heil'gen Nacht
an deiner Krippe, Herr, entfacht!

WEIHNACHTSLIED

Und weil wir solches wissen, nämlich die Zeit, daß die Stunde da ist, aufzustehen vom Schlaf: (sintemal unser Heil jetzt näher ist, denn da wir gläubig wurden; die Nacht ist vorgerückt, der Tag aber nahe herbeigekommen): so lasset uns ablegen die Werke der Finsternis und anlegen die Waffen des Lichtes.

Die Bibel

Die Nacht ist vorgedrungen,
der Tag ist nicht mehr fern.
So sei nun Lob gesungen
dem hellen Morgenstern!
Auch wer zur Nacht geweinet,
der stimme froh mit ein.
Der Morgenstern bescheinet
auch deine Angst und Pein.

Dem alle Engel dienen,
wird nun ein Kind und Knecht.
Gott selber ist erschienen
zur Sühne für sein Recht.
Wer schuldig ist auf Erden,
verhüll' nicht mehr sein Haupt,
er soll errettet werden,
wenn er dem Kinde glaubt.

Die Nacht ist schon im Schwinden,
macht euch zum Stalle auf!
Ihr sollt das Heil dort finden,
das aller Zeiten Lauf
von Anfang an verkündet,
seit eure Schuld geschah.
Nun hat sich euch verbündet,
den Gott selbst ausersah!

Noch manche Nacht wird fallen
auf Menschenleid und -schuld.
Doch wandert nun mit allen
der Stern der Gotteshuld.
Beglänzt von seinem Lichte,
hält euch kein Dunkel mehr.
Von Gottes Angesichte
kam euch die Rettung her.

Gott will im Dunkel wohnen
und hat es doch erhellt!
Als wollte er belohnen,
so richtet er die Welt!
Der sich den Erdkreis baute,
der läßt den Sünder nicht.
Wer hier dem Sohn vertraute,
kommt dort aus dem Gericht!

WEIHNACHTSLIED

Siehe, dein König kommt zu dir, ein Gerechter und ein Helfer.

Die Bibel

Sieh nicht an, was du bist, sondern sieh hier, was dir heut widerfährt: Sieh an den, der zu dir kommt; sieh nicht an, daß du ein armer Sünder bist.

Luther

Sieh nicht an, was du selber bist
in deiner Schuld und Schwäche.
Sieh den an, der gekommen ist,
damit er für dich spreche.
Sieh an, was dir heut widerfährt,
heut, da dein Heiland eingekehrt,
dich wieder heimzubringen
auf adlerstarken Schwingen.

Sieh nicht, wie arm du Sünder bist,
der du dich selbst beraubtest.
Sieh auf den Helfer Jesus Christ!
und wenn du ihm nur glaubtest,
daß nichts als sein Erbarmen frommt
und daß er dich zu retten kommt,
darfst du der Schuld vergessen,
sei sie auch unermessen.

Glaubst du auch nicht, bleibt er doch treu,
er hält, was er verkündet.
Er wird Geschöpf – und schafft dich neu,
den er in Unheil findet.
Weil er sich nicht verleugnen kann,
sieh ihn, nicht deine Schuld mehr an.
Er hat sich selbst gebunden.
Er sucht: du wirst gefunden!

Sieh nicht mehr an, was du auch seist.
Du bist dir schon entnommen.
Nichts fehlt dir jetzt, als daß du weißt:
Gott selber ist gekommen!
Und er heißt Wunderbar, Rat, Kraft,
ein Fürst, der ewigen Frieden schafft.
Dem Anblick deiner Sünden
will er dich selbst entwinden.

Wie schlecht auch deine Windeln sind,
sei dennoch unverdrossen:
Der Gottessohn, das Menschenkind
liegt doch darin umschlossen.
Hier harrt er, daß er dich befreit.
Welch' Schuld ihm auch entgegenschreit –
er hat sie aufgehoben.
Nicht klagen sollst du: loben!

WEIHNACHTS-KYRIE

Und sie gebar ihren ersten Sohn und wickelte ihn in Windeln und legte ihn in eine Krippe; denn sie hatten sonst keinen Raum in der Herberge.

Die Bibel

Du Kind, zu dieser heiligen Zeit
gedenken wir auch an dein Leid,
das wir zu dieser späten Nacht
durch unsere Schuld auf dich gebracht.
Kyrie eleison!

Die Welt ist heut voll Freudenhall.
Du aber liegst im armen Stall.
Dein Urteilsspruch ist längst gefällt,
das Kreuz ist dir schon aufgestellt.
Kyrie eleison!

Die Welt liegt heut im Freudenlicht.
Dein aber harret das Gericht.
Dein Elend wendet keiner ab.
Vor deiner Krippe gähnt das Grab.
Kyrie eleison!

Die Welt ist heut an Liedern reich.
Dich aber bettet keiner weich
und singt dich ein zu lindem Schlaf.
Wir häuften auf dich unsere Straf'!
Kyrie eleison!

Wenn wir mit dir einst auferstehn
und dich von Angesichte sehn,
dann erst ist ohne Bitterkeit
das Herz uns zum Gesange weit!
Hosianna!

ABENDMAHLSLIED ZU WEIHNACHTEN

Und es waren Hirten in derselben Gegend auf dem Felde bei den Hürden, die hüteten des Nachts ihre Herde. Und siehe, des Herrn Engel trat zu ihnen, und die Klarheit des Herrn leuchtete um sie; und sie fürchteten sich sehr.
Und der Engel sprach zu ihnen: Fürchtet euch nicht! Siehe, ich verkündige euch große Freude, die allem Volk widerfahren wird; denn euch ist heute der Heiland geboren, welcher ist Christus, der Herr, in der Stadt Davids.

Die Bibel

Mein Gott, dein hohes Fest des Lichtes
hat stets die Leidenden gemeint.
Und wer die Schrecken des Gerichtes
nicht als der Schuldigste beweint,
dem blieb dein Stern noch tiefverhüllt
und deine Weihnacht unerfüllt.

Die ersten Zeugen, die du suchtest,
erschienen aller Hoffnung bar.
Voll Angst, als ob du ihnen fluchtest,
und elend war die Hirtenschar.
Den Ärmsten auf verlassenem Feld
gabst du die Botschaft an die Welt.

Die Feier ward zu bunt und heiter,
mit der die Welt dein Fest begeht.
Mach uns doch für die Nacht bereiter,
in der dein Stern am Himmel steht.
Und über deiner Krippe schon
zeig uns dein Kreuz, du Menschensohn.

Herr, daß wir dich so nennen können,
präg unseren Herzen heißer ein.
Wenn unsere Feste jäh zerrönnen,
muß jeder Tag noch Christtag sein.
Wir preisen dich in Schmerz, Schuld, Not
und loben dich bei Wein und Brot.

WEIHNACHTSLIED IM KRIEGE

Nun ruht doch alle Welt und ist still und jauchzt fröhlich. Auch freuen sich die Tannen.

Die Bibel

Nun ruht doch alle Welt.
O Herz, wie willst du's fassen?
Die Erde liegt im Streit,
von allem Heil verlassen,
ist friedlos weit und breit
und wider dich gestellt.

Doch der die Erde schuf,
hat deine Angst gesehen
und hat sich aufgemacht,
will dir zur Seite stehen,
ein Helfer voller Macht.
Hell klingt sein Friedensruf.

Wie wird die Welt so still.
O Herz, wie sollst du's glauben?
Du trägst so schwere Last.
Die Welt will alles rauben,
was du so heiß umfaßt.
Des Leidens ist kein Ziel.

Doch der das A und O,
der Anfang und das Ende,
tritt heut in deine Zeit
und legt in deine Hände
das Pfand der Seligkeit.
Das macht dich reich und froh.

Die Welt jauchzt fröhlich auf.
O Herz, wie kann's dich wecken?
Dich hat die Not versteint.
Der Erdkreis hat viel Schrecken
zu deiner Qual vereint
und türmt sie dir zu Hauf.

Doch der das Leben gab,
den Mund mit Odem füllte,
spricht selbst dir Tröstung zu.
Kein Schmerz, den er nicht stillte!
Kein Werk, das er nicht tu!
Dein Heiland kommt herab! –

Die Tannen freuen sich.
Die Hürden auf dem Felde
erhellt ein klarer Schein.
Komm, Engel, komm und melde:
Was bricht zur Nacht herein?
Kommst du und meinst auch mich?

Gott Lob! In deinem Licht
darf ich das Licht erschauen,
das Kind, den Herrn der Welt!
Ihm will ich mich vertrauen,
er ist es, der mich hält
und rettet im Gericht.

SILVESTERLIED

Ja, ich will euch tragen bis ins Alter und bis ihr grau werdet. Ich will es tun, ich will heben und tragen und erretten. Gedenket der vorigen Zeit bis daher und betrachtet, was er getan hat an den alten Vätern.

Die Bibel

Ja, ich will euch tragen
bis zum Alter hin.
Und ihr sollt einst sagen,
daß ich gnädig bin.

Ihr sollt nicht ergrauen,
ohne daß ich's weiß,
müßt dem Vater trauen,
Kinder sein als Greis.

Ist mein Wort gegeben,
will ich es auch tun,
will euch milde heben:
ihr dürft stille ruhn.

Stets will ich euch tragen
recht nach Retterart.
Wer sah mich versagen,
wo gebetet ward?

Denkt der vorigen Zeiten,
wie, der Väter Schar
voller Huld zu leiten,
ich am Werke war.

Denkt der früheren Jahre,
wie auf eurem Pfad
euch das Wunderbare
immer noch genaht.

Laßt nun euer Fragen.
Hilfe ist genug.
Ja, ich will euch tragen,
wie ich immer trug.

ZUR JAHRESWENDE

Zuflucht ist bei dem alten Gott und unter den ewigen Armen.

Die Bibel

Zuflucht ist bei dem alten Gott
und unter den ewigen Armen,
die dich erschaffen, erhalten, geführt,
auch wo dein Herz es nicht dankbar gespürt.
Was soll noch Sorge, Zweifel, gar Spott?
Gott will sich deiner erbarmen.
Gott hat dich erkürt.

Gottes Güte ist ohne Ziel.
Voll Treue sind Gottes Gedanken.
Ob sich dein Wesen gewandelt von Grund,
ob dein Geschick sich geändert zur Stund,
und welch ein neues Los dir auch fiel –
Gott kennt kein Weichen und Wanken.
Gott hält seinen Bund.

Gott ist Hilfe, Rat, Trost und Schild.
Er bleibt, der er war. Du sollst hoffen.
Ward dir der härteste Kampf auferlegt,
traf dich auch Leid, wie noch keiner es trägt,
und Jammer, den noch niemand gestillt –
Gott hält die Arme dir offen.
Gott heilt, die er schlägt.

Gottes Arme sind Halt und Rast.
Sie möchten dich liebend umfangen.
Was dich auch ängste, sie bleiben dein Hort.
Was dich auch binde, sie tragen dich fort.
Und hat die Welt dich bitter gehaßt –
Gott läßt dich Frieden erlangen.
Gott gab dir sein Wort.

Wo die Welt nur das Ende sieht,
läßt Gott auch die Müden beginnen.
Wer in den ewigen Armen geruht,
wacht neu gestärkt, voller Kräfte und Mut.
Selbst wo der Kühnste zagend entflieht,
will er die Krone gewinnen,
das ewige Gut.

NEUJAHRSLIED

> *Deine Jahre währen für und für. Du hast vormals die Erde gegründet, und die Himmel sind deiner Hände Werk. Sie werden vergehen, aber du bleibest. Sie werden alle veralten wie ein Gewand; sie werden verwandelt wie ein Kleid, wenn du sie verwandeln wirst. Du aber bleibest, wie du bist, und deine Jahre nehmen kein Ende.*
>
> *Die Bibel*

Der du die Zeit in Händen hast,
Herr, nimm auch dieses Jahres Last
und wandle sie in Segen.
Nun von dir selbst in Jesu Christ
die Mitte fest gewiesen ist,
führ uns dem Ziel entgegen.

Da alles, was der Mensch beginnt,
vor seinen Augen noch zerrinnt,
sei du selbst der Vollender!
Die Jahre, die du uns geschenkt,
wenn deine Güte uns nicht lenkt,
veralten wie Gewänder.

Wer ist hier, der vor dir besteht?
Der Mensch, sein Tag, sein Werk vergeht:
nur du allein wirst bleiben.
Nur Gottes Jahr währt für und für,
drum kehre jeden Tag zu dir,
weil wir im Winde treiben.

Der Mensch ahnt nichts von seiner Frist.
Du aber bleibest, der du bist,
in Jahren ohne Ende.
Wir fahren hin durch deinen Zorn,
und doch strömt deiner Gnade Born
in unsere leeren Hände.

Und diese Gaben, Herr, allein
laß Wert und Maß der Tage sein,
die wir in Schuld verbringen.
Nach ihnen sei die Zeit gezählt;
was wir versäumt, was wir gefehlt,
darf nicht mehr vor dich dringen.

Der du allein der Ewige heißt
und Anfang, Ziel und Mitte weißt
im Fluge unserer Zeiten:
bleib du uns gnädig zugewandt
und führe uns an deiner Hand,
damit wir sicher schreiten!

GRÜNDONNERSTAGS-KYRIE

Denn so oft ihr von diesem Brot esset und von diesem Kelch trinket, sollt ihr des Herrn Tod verkündigen, bis daß er kommt. Ich will den Kelch des Heils nehmen und des Herrn Namen predigen.

Die Bibel

Heut bin ich meines Heilands Gast
zu Brot und Wein und Osterlamm.
Im Garten draußen bricht ein Ast.
Fällt einer schon des Kreuzes Stamm?
Kyrie eleison!

Der Heiland ist mein Knecht und Wirt,
dient mir und seiner Jünger Schar.
Der aller Himmel Herr sein wird,
macht sich der Gotteshoheit bar.
Kyrie eleison!

Er salbt und badet uns den Fuß,
reicht uns den Kelch und bricht den Laib
und harrt schon auf den Judaskuß,
damit ich ohne Strafe bleib'.
Kyrie eleison!

Mit Pilgerhut und Wanderstab
hält er, der Hirt', das Passahmahl.
Und als er aufbricht, ist's zum Grab,
zu Kreuzesmarter, Spott und Qual.
Kyrie eleison!

Im Garten von Gethsemane
ist schon der Baum fürs Kreuz gefällt.
Daß noch der Kelch vorübergeh',
fleht dort der Retter aller Welt.
Kyrie eleison!

Den Kelch der bittren Todespein
zu trinken, macht er sich bereit.
Des zu gedenken, setzt er ein
das Abendmahl für alle Zeit.
Kyrie eleison!

Die Stunde des Verrats ist da.
Für Waffen ist nunmehr kein Ort.
Er bleibt den Seinen nur noch nah
in Kelch und Brot und seinem Wort.
Kyrie eleison!

Der Kelch ist nun mein Eigentum
und Brot und Wein mein reichstes Teil.
Den Kelch ergreift zu seinem Ruhm,
verkündiget der Sünder Heil!
Kyrie eleison!

Verkündiget den Namen sein,
sooft ihr dessen nun gedenkt,
bis er nach Geißlung, Fluch und Pein
uns seine Siegesfahne schenkt.
Kyrie eleison!

Er kommt, er kommt, des sei gewiß,
zu seiner Jünger Freudenmahl.
Am Ende aller Finsternis
grünt ewig auch des Kreuzes Pfahl!
Hosianna!

OSTERLIED

Das Lamm, das erwürget ist, ist würdig, zu nehmen Kraft und Reichtum und Weisheit und Stärke und Ehre und Preis und Lob. Und alle Kreatur, die im Himmel ist und auf Erden und unter der Erde und im Meer, und alles, was darinnen ist, hörte ich sagen: Dem, der auf dem Stuhle sitzt, und dem Lamm sei Lob und Ehre und Preis und Gewalt von Ewigkeit zu Ewigkeit!

Die Bibel

Siehe, das ist Gottes Lamm,
das der Erde Sünde trug.
Blutend an dem Kreuzesstamm,
tat es Gottes Zorn genug.
In dem Felsengrabe liegend,
hat er uns zur Ruh gebracht.
Über Tod und Sünde siegend,
drang das Lamm durch unsre Nacht.

Siehe, das ist Gottes Held,
der aus dunklem Grabe stieg.
Herr des Himmels und der Welt,
bringt er uns den ew'gen Sieg.
Uns hat er dem Tod entnommen,
uns, die sterben und vergehn!
Gottes Held wird wiederkommen,
und wir werden auferstehn.

Siehe, das ist Gottes Sohn,
der in Stall und Krippe lag.
Nach der Marter, nach dem Hohn
strahlt sein heller Freudentag.
Alle Zeit, die wir noch leben,
ist von seinem Glanz erfüllt.
Die dem Sohn die Ehre geben,
werden einst sein Ebenbild.

Ihm sei Ehre, Lob und Preis
und Gewalt in Ewigkeit.
Und ihn rühme, wer es weiß,
daß er uns vom Tod befreit.
Wer da atmet, soll bezeugen,
was ihm Gott geoffenbart;
wer da glaubt, soll sich ihm beugen,
der ein Fürst des Lebens ward.

HIMMELFAHRTSLIED

Gott fährt auf mit Jauchzen und der Herr mit heller Posaune.
Lobsinget, lobsinget Gott; lobsinget, lobsinget unserm König!
Er hat sich sehr erhöht.

Die Bibel

Gott fährt mit Jauchzen auf,
mit hellem Jubeltone!
Nun, Welt, nimm deinen Lauf!
Wir sind bei Gott dem Sohne,
wo er ein König ist!

Lobsinget Gott, lobsingt!
Wir sollen ewig leben!
Was uns auch niederzwingt,
er will uns hoch erheben.
Gefällt ist Satans List!

Er hat sich sehr erhöht!
Der an dem Kreuz gehangen,
herrscht voller Majestät
und trägt nach dir Verlangen,
der du gefallen bist!

Welch Dunkel uns auch hält,
sein Licht hat uns getroffen!
Hoch über aller Welt
steht nun der Himmel offen.
Gelobt sei Jesus Christ!

PFINGSTLIED

Und der heilige Geist fuhr hernieder in leiblicher Gestalt wie eine Taube. Und es geschah schnell ein Brausen vom Himmel wie eines gewaltigen Windes und erfüllte das ganze Haus, da sie saßen.
Und es erschienen ihnen Zungen. zerteilt wie von Feuer; und er setzte sich auf einen jeglichen unter ihnen; und sie wurden alle voll des heiligen Geistes und fingen an zu predigen mit andern Zungen, nach dem der Geist ihnen gab auszusprechen.

Die Bibel

Komm, heilige Taube,
die uns das Ölblatt bringt.
Künde, daß Glaube
jedwede Kluft durchdringt.
Nun ist die Ferne
in deinem Flug besiegt.
Erde und Sterne
sind heut in Eins gefügt.

Leucht', heilige Flamme,
wie auf der Jünger Haupt.
Weih uns dem Lamme,
das uns dem Tod geraubt.
Du bist gekommen,
Glanz voller Morgenlicht.
Wir sind entnommen
Dunkel und Strafgericht.

Braus', heiliges Rauschen,
Wind voller Ewigkeit.
Laß uns dir lauschen
mitten im Erdenstreit.
In allen Zungen,
die nur der Erdkreis kennt,
sei dir lobsungen.
Sieh, auch das Herze brennt!

Heiliger Geist, weile!
Der du der Tröster heißt,
rette und heile,
weil wir ohn' ihn verwaist.
Bleib als sein Zeichen,
daß er uns immer nah
auch in den Reichen,
die noch kein Auge sah.

In seinem Namen
bist du uns hergesandt
als Ja und Amen,
daß Gott uns zugewandt;
daß er den Sündern
längst seine Hand geliehn,
milde als Kindern
in seinem Sohn verziehn.

Komm, heilige Taube,
die aus dem Himmel schwebt,
uns aus dem Staube
hoch zu den Wolken hebt.
Breite die Schwingen
über uns. Adlergleich
wirst du uns bringen
heim in sein Vaterreich!

REFORMATIONSLIED

Singet Gott, lobsinget seinem Namen! Der Herr gab das Wort mit großen Scharen Evangelisten.
Der Wagen Gottes sind vieltausendmal-tausend.
Wir haben einen Gott, der da hilft, und den Herrn, der vom Tode errettet. Denn Gott hat sein Reich aufgerichtet; das wolltest du, Gott, uns stärken, denn es ist dein Werk.
Gott ist wunderbar in seinem Heiligtum. Er wird dem Volk Macht und Kraft geben. Gelobet sei Gott! Die Bibel

Singt Gott, lobsinget seinem Namen!
Er gibt sein Wort. Bringt ihr ihm Lieder.
Sein Wort ist lauter Ja und Amen.
Im Worte kommt Gott selbst hernieder.

Gott gibt sein Wort mit großen Scharen
Evangelisten, die es künden.
Er will uns durch sein Wort bewahren,
durchs Wort uns in der Ferne finden.

Wie eines Heeres Waffenwagen,
die uns als Wall und Wehr umringen,
soll uns das Wort die Schlachten schlagen,
vieltausendfach uns Hilfe bringen.

Wir haben einen Gott zur Seite,
der hilft und uns vom Tod errettet
und der uns mitten in dem Streite
in sicherem Zelt ein Lager bettet.

Ja, Wall und Waffen, Fahnen, Zelte;
dies alles will sein Wort bedeuten.
Was auch des Feindes Stärke gelte,
das Wort muß uns den Sieg erbeuten!

Gott hat sein Reich schon aufgerichtet,
wenn wir noch tief im Kampfe liegen.
Selbst Tod und Hölle sind vernichtet.
Sein Wort ist Leben, Wirken, Siegen.

Er selber muß sein Reich uns stärken,
was er geschaffen hat, erhalten.
Er muß in allen seinen Werken
kraft seines Wortes mächtig walten.

Er wählt die Welt zum Heiligtume,
drin er uns wunderbar begegnet,
ein Volk, zu dienen seinem Ruhme,
mit Macht und Kraft im Worte segnet.

Gelobt sei Gott! Mit großen Scharen
hat er sein Wort zu uns gesendet,
daß wir durchs Wort zum Himmel fahren,
wenn aller Streit der Erde endet.

BUSSTAGSLIED

Wir haben gesündigt, Unrecht getan, sind gottlos gewesen und abtrünnig geworden; wir sind von deinen Geboten und Rechten gewichen.
Du, Herr, bist gerecht, wir aber müssen uns schämen. Wir gehorchten nicht deinen Knechten, den Propheten. Dein aber, Herr, unser Gott, ist die Barmherzigkeit und Vergebung.
Wir liegen vor dir mit unserm Gebet, nicht auf unsere Gerechtigkeit, sondern auf deine große Barmherzigkeit.
Ach Herr, höre, ach Herr, sei gnädig, ach Herr, merke auf und tue es!

Die Bibel

Wir taten Unrecht, fielen tief
und haben uns von dir gewandt.
Wir hörten dich nicht, der uns rief,
und rissen uns von deiner Hand.
Gott, wirst du uns die Gnade nehmen?
Herr, Herr, wes müssen wir uns schämen!
Ach, wo ist noch ein treuer Knecht?
Du aber, Höchster, bist gerecht!
Herr, erbarme dich unser!

Wir hörten nicht auf dein Gebot,
das die Propheten offenbart.
Du fragtest nur nach unsrer Not,
als unsre Schuld untilgbar ward.
Den Heiland hast du selbst erkoren.
O Jesus Christ, der uns geboren:
du hast uns Gott als den gezeigt,
der sich barmherzig zu uns neigt!
Christe, erbarme dich unser!

Wir liegen vor dir im Gebet.
Herr, sieh nicht auf Gerechtigkeit!
Wir wissen, unser Heil besteht
in dir, Gott der Barmherzigkeit!
Ach, höre, Herr! Ach Herr, sei gnädig!
Herr, merke auf! Sprich du uns ledig!
Herr, tue es! Verziehe nicht!
Sei du der Retter im Gericht!
Herr, erbarme dich unser!

Und es kam zu mir einer von den sieben Engeln und führte mich hin im Geist auf einen großen und hohen Berg und zeigte mir die große Stadt, das heilige Jerusalem, herniedergefahren aus dem Himmel von Gott, bereitet als eine geschmückte Braut ihrem Mann, die hatte die Herrlichkeit Gottes. Und ihr Licht war gleich dem alleredelsten Stein, einem hellen Jaspis.
Und die Mauer der Stadt hatte zwölf Grundsteine und auf ihnen die Namen der zwölf Apostel des Lammes. Und die Stadt bedarf keiner Sonne noch des Mondes, daß sie ihr scheinen; denn die Herrlichkeit Gottes erleuchtet sie. Und ihre Tore werden nicht verschlossen sein des Tages; denn da wird keine Nacht sein.
Und er zeigte mir einen lautern Strom des lebendigen Wassers, klar wie ein Kristall; der ging aus von dem Stuhl Gottes und des Lammes. Mitten auf ihrer Gasse auf beiden Seiten des Stroms stand Holz des Lebens, das trug zwölfmal Früchte und brachte seine Früchte alle Monate. Und ich hörte eine Stimme von dem Stuhl, die sprach: Siehe da, die Hütte Gottes bei den Menschen.

Die Bibel

Mein Gott, ich will von hinnen gehen,
der Erdentag wird mir zu lang,
die Tore deiner Stadt zu sehen,
zu hören himmlischen Gesang.
Vor deinem Angesicht zu stehn,
das ist's allein, was ich ersehn'.

Nicht, daß ich nicht zu danken wüßte
für das, was du mir hier beschert.
Nicht, daß ich nicht geduldig büßte,
solang es dein Gericht begehrt.
Doch das, wonach mein Herz so brennt,
ist, daß mich nichts mehr von dir trennt.

Die Städte dieses Erdenrundes
sind fahle Schatten deiner Stadt,
die uns Verheißung deines Mundes
schon längst zuvor begründet hat.
Zu ihren Höhen blick' ich auf.
Ach, endete der Jahre Lauf!

Die Brunnen, die hier lieblich rinnen,
sind nur ein blasses, dunkles Bild
des Borns, der unter goldenen Zinnen
vor deinem Stuhle ewig quillt.
Die Stadt, die deine Herrlichkeit
erleuchtet, Herr, – liegt sie noch weit?

Ich denke nur an ihre Mauern,
die der Apostel Namen schmückt.
Was hier ist, kann nur flüchtig dauern,
nachdem ich ihren Saum erblickt.
Ihr Tor steht offen Tag und Nacht:
Wann werd' ich, Herr, vor dich gebracht?

Vergehen bald der Berge Firnen,
daß deine Stadt herniederfährt,
darin der Engel reine Stirnen
von deinem Namen sind verklärt?
Die Stadt, geschmückt gleich einer Braut,
aus Jaspis und Saphir erbaut?

Errichtet aus dem Holz des Lebens,
so steigt sie aus der Wolken Meer.
Wir Menschen wandern nicht vergebens:
du nahst uns aus der Ferne her.
Die Hütte Gottes ist bereit,
die Stadt des Heils in Ewigkeit!

Erlöschen mögen Mond und Sonnen.
Dein Glanz herrscht in ihr immerdar.
Das Ziel war da, eh wir begonnen.
Die Worte sind gewiß und wahr.
Wir suchten nicht: Du bist's, der sucht
und heimruft, die wir dir geflucht.

TROSTLIED AM TOTENSONNTAG

Deine Gnade ist mein Trost.

Die Bibel

Nun sich das Herz von allem löste,
was es an Glück und Gut umschließt,
komm, Tröster, Heiliger Geist, und tröste,
der du aus Gottes Herzen fließt.

Nun sich das Herz in alles findet,
was ihm an Schwerem auferlegt,
komm, Heiland, der uns mild verbindet,
die Wunden heilt, uns trägt und pflegt.

Nun sich das Herz zu dir erhoben
und nur von dir gehalten weiß,
bleib bei uns, Vater. Und zum Loben
wird unser Klagen. Dir sei Preis!

DER HERR IST NAH

Und der Engel des Herrn erschien ihm in einer feurigen Flamme aus dem Busch. Und er sah, daß der Busch mit Feuer brannte und ward doch nicht verzehrt, und sprach: Ich will dahin und beschauen dies große Gesicht, warum der Busch nicht verbrennt.

Die Bibel

Die Menschenjahre dieser Erde
sind alle nur ein tiefes Bild,
das uns dein heiliges »Es werde!«
am Anfang aller Zeit enthüllt.
Allein in diesem Schöpfungswort
besteht, was Menschen tun, noch fort.

Wir wissen nicht den Sinn, das Ende.
Doch der Beginn ist offenbar.
Nichts ist, was nicht in deine Hände
am ersten Tag beschlossen war,
und leben wir vom Ursprung her,
bedrückt uns keine Zukunft mehr.

In allen Ängsten unseres Handelns
siegt immer noch dein ewiger Plan.
In allen Wirren unseres Wandelns
ziehst du noch immer deine Bahn.
Und was wir leiden, was wir tun:
Wir können nichts als in dir ruhn.

Hast du uns Haus und Gut gegeben,
hast du uns arm und leer gemacht –,
das milde und das harte Leben,
sind beide, Herr, von dir bedacht.
Was du uns nimmst, was du uns schenkst,
verkündet uns, daß du uns lenkst.

Du läßt den einen durch Geschlechter
von Kind zu Kindeskind bestehn.
Den andern läßt du wie durch Wächter
von allem abgetrennt vergehn.
Durch Fülle und durch Einsamkeit
machst du uns nur für dich bereit.

Auf Feldern, die sich fruchtbar wiegen,
in kargem Halm auf armem Sand
muß doch der gleiche Segen liegen:
Du sätest sie mit deiner Hand.
Und was du schickst, ob Glück, ob Angst,
zeigt stets, wie du nach uns verlangst.

Der Lebensbaum im Garten Eden,
der Dornbusch, der dich glühend sah,
sind beide nur das eine Reden:
Der Herr ist unablässig nah.
Und alles, was der Mensch vollbringt,
ist Antwort, die dein Ruf erzwingt.

GEBURTSTAGSLIED

Der Selige und allein Gewaltige, der König aller Könige und Herr aller Herren, der allein Unsterblichkeit hat, der da wohnt in einem Lichte, da niemand zukommen kann, welchen kein Mensch gesehen hat noch sehen kann – fürwahr er ist nicht ferne von einem jeglichen unter uns. Denn in ihm leben, weben und sind wir.

Die Bibel

Gott wohnt in einem Lichte,
dem keiner nahen kann.
Von seinem Angesichte
trennt uns der Sünde Bann.
Unsterblich und gewaltig
ist unser Gott allein,
will König tausendfältig,
Herr aller Herren sein.

Und doch bleibt er nicht ferne,
ist jedem von uns nah.
Ob er gleich Mond und Sterne
und Sonnen werden sah,
mag er dich doch nicht missen
in der Geschöpfe Schar,
will stündlich von dir wissen
und zählt dir Tag und Jahr.

Auch deines Hauptes Haare
sind wohl von ihm gezählt.
Er bleibt der Wunderbare,
dem kein Geringstes fehlt.
Den keine Meere fassen
und keiner Berge Grat,
hat selbst sein Reich verlassen,
ist dir als Mensch genaht.

Er macht die Völker bangen
vor Welt- und Endgericht –
und trägt nach dir Verlangen,
läßt auch die Ärmsten nicht.
Aus seinem Glanz und Lichte
tritt er in deine Nacht:
Und alles wird zunichte,
was dir so bange macht!

Nun darfst du in ihm leben
und bist nie mehr allein,
darfst in ihm atmen, weben
und immer bei ihm sein.
Den keiner je gesehen,
noch künftig sehen kann,
will dir zur Seite gehen
und führt dich himmelan.

TAUFLIED

Vater, verkläre deinen Namen! Heiliger Vater, erhalte sie in deinem Namen, die du mir gegeben hast.

Die Bibel

Gott Vater, du hast deinen Namen
in deinem lieben Sohn verklärt
und uns, so oft wir zu dir kamen,
die Vatergnade neu gewährt.

So rufe dieses Kind mit Namen,
das nun nach deinem Sohne heißt.
Wir glauben, du Dreieiniger! Amen!
Zum Wasser gabst du Wort und Geist!

Erhalte uns bei deinem Namen!
Dein Sohn hat es für uns erfleht.
Geist, Wort und Wasser mach' zum Samen
der Frucht des Heils, die nie vergeht!

KONFIRMATIONSLIED

Kämpfe den guten Kampf des Glaubens; ergreife das ewige Leben, dazu du auch berufen bist und bekannt hast ein gutes Bekenntnis vor vielen Zeugen.

Die Bibel

Bewahre und halte nun Glauben
und kämpfe den Kampf, der da gut!
Wer kann dir den Siegerlohn rauben?
Du ringst unter göttlicher Hut!

Ergreife das ewige Leben!
Du bist zu den Seinen gezählt!
Dir ist die Verheißung gegeben:
Gott kennt, die der Sohn sich erwählt.

Auch du bist zum Leben berufen!
Auch dich hat sein Geist nun umweht.
Wohl dem, der wie du von den Stufen
des Altars als Jünger aufsteht.

Du hast heut vor vielerlei Zeugen
ein gutes Bekenntnis bekannt.
So will sich auch Gott zu dir beugen.
Ergreife die segnende Hand!

HOCHZEITSLIED

Freuet euch in dem Herrn allewege! Und abermals sage ich: Freuet euch! Eure Lindigkeit lasset kund sein allen Menschen! Der Herr ist nahe!
Sorget nichts! Sondern in allen Dingen lasset eure Bitten im Gebet und Flehen mit Danksagung vor Gott kund werden.
Und der Friede Gottes, welcher höher ist denn alle Vernunft, bewahre eure Herzen und Sinne in Christo Jesu! *Die Bibel*

Freuet euch im Herren allewege!
Abermals vernehmt es: Freuet euch!
Daß er Hand in Hand zum Bund euch lege,
neigt sich Gott zu euch vom Himmelreich.
Eure Liebe, die euch hier verbindet,
ist von seiner Liebeshuld verklärt.
Wo in Gott der Mensch zum Menschen findet,
ist der Segen stets noch eingekehrt.

Laß die Lindigkeit, die ihr erfahren,
kund sein allen Menschen, die ihr zählt.
Kündet fortan von dem Wunderbaren,
das in dieser Stunde euch beseelt.
Euer Gott ist unter euch getreten!
Segnend war Er euren Herzen nah!
Ja, in euren Taten und Gebeten
sei bezeugt, was euch von Ihm geschah.

Sorget nichts! Vielmehr in allen Dingen
dürft ihr alles, was euch je bedrängt,
in Gebet und Flehen vor Ihn bringen,
der als Vater hört, als König schenkt.
Sorget nichts! Ihr kennt den Wundertäter!

Er weiß alles, was ihr hofft und bangt!
Der Mensch tritt vor Gott als rechter Beter,
der im Bitten schon voll Freude dankt.

Und der Friede Gottes, welcher höher
als Vernunft und Erdenweisheit ist,
sei in eurem Bund euch täglich näher
und bewahre euch in Jesu Christ.
Er bewahre euer Herz und Sinne!
Gottes Friede sei euch zum Geleit!
Er sei mit euch heute zum Beginne;
er vollende euch in Ewigkeit!

Freut euch! Doch die Freude aller Frommen
kenne auch der Freude tiefsten Grund:
Gott wird einst in Christo wiederkommen!
Dann erfüllt sich erst der letzte Bund!
Er, der nah war, wird noch einmal nahen.
Seine Herrschaft wird ohn' Ende sein.
Die sein Reich schon hier im Glauben sahen,
holt der König dann mit Ehren ein.

ABENDMAHL DER MÄNNER

So will ich nun, daß die Männer beten an allen Orten und aufheben heilige Hände ohne Zorn und Zweifel.

Die Bibel

So will ich, daß die Männer wieder beten,
an allen Orten heilige Hände heben
und ohne Zorn und Zweifel vor dich treten,
du mögest allem Kampf sein Ziel erst geben.

Die Männer sollen beten, wie sie streiten:
mit ganzem Willen und mit allen Kräften;
im Aufbruch schon sich auf den Tod bereiten
und deinen Namen an die Fahnen heften.

Denn es genügt nicht, über Menschen siegen.
Der letzte Streit bleibt immer noch zu führen.
Mit Gott und Menschen kämpfen und obliegen,
vermögen nur, die ringend dich berühren.

Dann wird sich als der Siege Sieg erweisen,
daß du sie selber in den Kampf gerissen.
Und selbst erliegend werden sie es preisen,
vom König aller Könige zu wissen.

Die aus der Schlacht des Betens wiederkehren,
erwartest du, daß deine Kraft sie stärke,
wie wir's vom König Melchisedek hören,
mit Brot und Wein, den größten deiner Werke.

Noch immer hast du die vom Kampfe Wunden
am Tische deines Abendmahls bewirtet,
sie mit dem Kranze, der nicht welkt, umbunden
und mit dem Schwerte deines Geists gegürtet!

In Jochen Kleppers Gedicht über Johannes 15,3 steht das Wort: »Du hast mich schon ans Ziel der Zeit getragen«, ein tief gläubiges und vertrauendes Wort im Zusammenhang eines Gedichts, in dem auch die von früher Umschattung nicht freie Zeile sich findet »Des Menschseins müde – dennoch Gottes Ebenbild«.
Die Spanne des Lebens und des Glaubens, die in den Gedichten des allzufrüh von uns gegangenen Dichters ihren Ausdruck findet, ist nicht die allerweiteste, aber sie ist doch so bedeutend, daß sie eine Sammlung seiner Gedichte rechtfertigt. So haben wir nun sein lyrisches Werk vor uns liegen, von dem er selbst bei seinen Lebzeiten nur das *Kyrie* veröffentlicht hat, abgesehen von einigen Auftragsgedichten. Nicht veröffentlichen konnte er unter der Diktatur die Gedichtfolge »Der König« und die »Olympischen Sonette«, deren Entstehen er in seinen Tagebüchern – in der Zeit der Berliner Olympischen Spiele 1936 – beschreibt. Aber gerade diese Gedichte gehören zusammen mit Reinhold Schneiders Sonetten, Werner Bergengruens Gedichten, mit den Versen Albrecht Haushofers und Dietrich Bonhoeffers zu den wahrhaftigen Zeugnissen der Zeit, die ihn in den Tod trieb. Siegbert Stehmann schreibt in einem Brief an Rudolf Alexander Schröder über Kleppers Tod:
»Einer von uns ist vor der Zeit dahingegangen: Jochen Klepper. Die Nachricht von seinem Ende und den Ereignissen, die es herbeigeführt haben, hat mich schwer erschüttert. Wenn Jochen Klepper nicht mehr ein noch aus wußte, so hat er zuvor die leibhaftige Hölle gesehen. Da muß man in Demut schweigen und den Bruder der Gnade Gottes empfehlen. Und ich glaube getrost, daß er dieser Gnade versichert sein kann.«

INHALT